5315

Ye

8388

TYRSIS

ET

LYCIDAS,

EGLOGUE,

OU

DEUX DISCOURS

Sur la Grosseſſe de Madame la Ducheſſe
de Bourgogne.

 YRSIS & Lycidas, deux Bergers de mê-
me âge,
Tous deux tenant du Ciel les vertus en
partage,
Et parmi les treſors de leurs talents di-
vers,
Tous deux doctes en l'art de compoſer des vers ;
Comme l'Aurore un jour, ſur mille fleurs écloſes,
Verſoit à pleines mains la pourpre de ſes Roſes,
Et par ſes feux ouvrant la campagne aux brebis,
Au pré, ſur l'Emeraude attachoit les Rubis ;
Preſſez d'un même ſoin, qui tous deux les entraine,
Sans ſe donner le mot traverſerent la plaine,
Et laiſſant leurs troupeaux en de fideles mains,

A

Vinrent au même lieu par differens chemins,
Lieu propre à se livrer aux douces reveries,
Lieu plein d'ombrages frais & de rives fleuries,
Qui sembloit, en son sein de roches entouré,
Un petit monde à part, du nôtre separé.

   Tyrsis vient le premier, & s'assied sur la rive ;
Tyrsis n'est pas assis que Lycidas arrive :
L'un de l'autre surpris : Quel est le sort heureux
Qui vous amene ici, se dirent-ils tous deux ?
Le dessein d'y rever, reprennent-ils ensemble :
Ne vous nuiray-je point ? Point du tout. Que vous
     semble
De ce touffu gazon ? Il me paroît charmant :
Ce lieu, dit Lycidas, est un enchantement,
Mais j'en sors, pour laisser à vous seul tous ses char-
     mes.

   Par ces airs trop polis vous me comblez d'allarmes,
A répondu Tyrsis ; votre vûë à mes yeux
Augmente les attraits de ces aimables lieux :
Demeurez ; si l'amour par quelque inquietude,
Ne vous force à chercher l'entiere solitude.

   Rien ne trouble, Berger, mon esprit ni mon cœur,
Repartit Lycidas, que la secrette peur
De vous troubler vous-même en ce paisible ombrage ;
Et mon ame est tranquille autant que ce bocage :
Les faveurs des neuf sœurs sont l'objet de mes pas.

   Je suis, répond Tyrsis, dans un semblable cas :
Sur des vers que j'ay faits, je viens dans ces lieux
     sombres
Consulter, loin du bruit, la douceur de leurs ombres ;
Mais pour moy votre goût vaudra mieux mille fois,
Que le silence obscur des rochers & des bois.

   Vous embrasez mes sens d'ardente impatience,
D'entendre de vos vers l'agreable cadence ;
J'aime, dit Lycidas, tout ce qui vient de vous,
Comme ce que Phebus inspire de plus doux.

Hola, reprit Tyrſis ; ce reduit ſolitaire
Par ſa naïveté veut que l'on ſoit ſincere.
   A vous entendre icy tout ſemble m'inviter ;
Parlez, dit Lycidas ; tout veut vous écouter.

T Y R S I S.

   Dans l'aimable ſaiſon, où le flambeau du monde
Rend par de nouveaux feux la nature feconde,
Ouvre le ſein des fleurs, fait naître les zephirs,
Et groſſir dans nos champs l'eſpoir de nos deſirs ;
Dans des lieux où la Seine, en cent pompeux ſpecta-
    cles,
De ſes flots roule en l'air les ſuperbes miracles,
Et rapporte du Ciel, où ſon onde monta,
Mille luiſants cryſtaux, que ſa chute enfanta ;
Un aſtre plus brillant que le fils de Latone,
Aſtre, qui comme luy de lauriers ſe couronne,
A fait par la vertu de ſes feux amoureux,
Croître un tendre Bouton objet de mille vœux.
   Quelle Plante en naiſſant peut paroître ſi belle,
Que d'abord tant de vœux s'intereſſent pour elle ?
   Nulle dans nos vergers ne le merite mieux :
C'eſt le premier ſurgeon d'un plan cheri des Dieux,
D'une tige de Lys, dont Flore eſt ſi charmée,
Que jamais de ſon cœur fleur ne fut tant aimée.
   L'œil n'en voit pas encor tout l'éclat deſiré ;
Dans le ſein qui le porte il eſt encor ſerré ;
Mais il ne laiſſe pas dans ſa noble clôture
D'attirer les regards de toute la nature :
Il partage le ſoin de tous les Elements :
La terre luy fournit ſes plus purs aliments :
L'eau croit porter à peine à ſon fecond rivage
Un cryſtal aſſez clair, pour être ſon breuvage :
En ſa faveur l'Eté ſçait temperer ſes feux,
Par les ruiſſeaux, l'ombrage & les vents gracieux ;
L'air craint de le bleſſer ; & la foule divine
Des zephirs delicats, qui ſur les fleurs badine,

A peur, luy prodiguant ſes jeux foibles & moux,
De n'avoir pas pour luy des ſouffles aſſez doux.
Sur luy le Ciel s'épuiſe en benigne influence,
Et par d'heureux aſpects prepare ſa naiſſance.
Le blond & docte Dieu qui dans Delos eſt né ;
Neglige en ſa faveur Hyacynthe & Daphné ;
Et des bras de Thetis ſa lumiere ſortie,
Pour penſer à luy ſeul, laiſſe languir Clytie.
Au vainqueur d'Achelois le peuplier n'eſt plus cher :
Le feuillage du chêne eſt vil à Jupiter ;
Et la ſage Pallas, ſur ce Lys attentive,
Abandonne pour luy l'amour de ſon Olive.
Palés, dont le pouvoir conſpire à ſon ſuccés,
A la dent des troupeaux en interdit l'accés ;
Mais vers luy les Sylvains, & les Hamadryades,
Font pour le viſiter frequentes promenades :
Vertumne, avec Pomone, en veut être l'appuy ;
Et le Dieu des Jardins n'a des yeux que pour luy.
La careſſante Eos, avec des mains flatteuſes,
Répand autour de luy ſes perles matineuſes.
Pour luy Venus oublie & la roſe & ſon ſang.
Au deſſus de l'œillet Flore aſſigne ſon rang.
Auprés de la blancheur de ſa feuille brillante,
Les Jaſſemins auront la couleur jauniſſante.
De ſoy-même déja Narciſſe rebuté,
L'attendant, n'oſe plus ſe piquer de beauté.
A terre, autour de luy, ſous ſon ombre reduitte,
Rampe la violette & l'humble marguerite ;
Et le muguet ſous luy baiſſe un col languiſſant.

Mais d'où vient ce reſpect pour un Bouton naiſſant ?
Faut-il s'en étonner, ſi le Deſtin l'ordonne ?
Ce que veut le Deſtin, l'homme en vain s'en étonne.
On dit bien plus : mais quoy ? Puis-je icy publier
Les ſecrets, qu'Apollon daigne me confier ?
On dit qu'au gré du Dieu qui lance le tonnerre,
La fortune prétend luy ſoumettre la Terre ;

Et par d'aimables Loix, faire en tous les Etats,
Dépendre de son sort celuy des Potentats.
Qui dans ce bas sejour où le mortel respire,
Aux Loix des Immortels peut trouver à redire?
De toutes ses faveurs le Ciel l'a consacré :
De tous leurs ornemens les Graces l'ont paré.
Ha ! ne forcez pas plus mon trop de complaisance,
A trahir les depôts commis à mon silence ;
De peur qu'enfin, pour vous, une Divinité
Peut-être ne punît mon infidelité.
Seulement desormais, Miracles de nos Plaines,
Richesses de nos Prez, honneur de nos Fontaines,
Jeunes fleurs, tendre émail, astres de ces lieux frais ;
Aprenez à ceder à ses futurs attrais.

Volante Republique, Abeilles menageres,
Qui donnant des douceurs, en cherchez les premieres,
Et répandant par-tout maint baiser empressé,
Faites aux fleurs l'amour d'un cœur interessé ;

Papillons voltigeans, dont l'aîle chancelante
Aborde leur éclat d'une audace tremblante,
Et qui de leur beau teint, frais malgré les chaleurs ;
Pour vous peindre, semblez derober les couleurs ;

Bourdonnans Moucherons, & Cigales oisives,
Qui leur donnez aussi vos caresses plaintives,
Portez où vous voudrez votre cœur enflamé ;
Pour vous, ni Champ, ni Bois, ni Jardin n'est fer-
méé ;
Volez de toutes parts ; à vous l'on abandonne
L'Iris, le Martagon, l'Epine, l'Anémone,
L'Amarante, l'Œillet, la Rose, le Soucy ;
Mais de toutes les fleurs, respectez celle-cy.

Et vous, petits Oiseaux, charmes de ces Bocages,
Qui faites vos Palais de leurs épais feuillages,
Gardez, en vous jettant par les pins & les houx,
D'offencer ce Bouton du moindre de vos coups :
Gardez, qu'un pied profane, une aîle mal instruite ;

D'un crime inopiné charge votre conduite :
Mais par mille beaux chants, marquez votre plaisir,
De le voir chaque jour avancer & grossir.
Quel est le jour heureux qui doit le faire éclore ?
Que ce jour sera beau ! Qu'il sera doux à Flore !
Qu'il sera célébré des hommes & des Dieux !
Qu'il donnera de joye à ces aimables Lieux !

LYCIDAS.

Le bon goût de ces vers fait plaisir à mon ame,
Comme de boire frais, quand l'Eté nous enflame,
Ou de se reposer sur le gazon naissant,
Tombant de lassitude, ou d'un sommeil pressant.
Avec moins de douceur le Rossignol soupire :
Moins agreablement murmure le Zephire ;
Et je suis moins flaté du doux bruit d'un Ruisseau,
Qui sur un lit pierreux précipite son eau.
Je pense qu'ils pourroient, par leur docte mesure,
Du chagrin Coridon desarmer la censure.
Comment aprés ceux là vous en dire à mon tour,
Et devant vous, oser mettre les miens au jour ?

TYRSIS.

L'Abeille a moins de miel, moins de nectar la
vigne,
Le Troupeau moins de lait, moins de beau chant le
Cygne,
Que Lycidas, instruit à captiver les cœurs,
N'enferme en ses discours de grace & de douceurs.

LYCIDAS.

Daignez donc les entendre, armé de patience :
Avec plus d'avantage, & plus de confiance,
Je ne saurois les dire à nul autre Berger :
Qui les fait comme vous, est digne d'en juger.

TYRSIS.

Commencez : tout est calme en ce lieu, pour vous
plaire ;
Hors l'onde & le Zephir, qu'on ne peut faire taire.

LYCIDAS.

Qu'apportent de nouveau les zephirs dans nos
    champs ?
Quel bruit , quel cri de joye icy frape nos sens ?
Quel langage en ces lieux parle avec allegresse
De menage royal , & d'auguste grossesse ?
Je croi , que du beau sang dont nous suivons les loix ,
La fortune veut faire autant naître de Rois ,
Qu'elle a dans l'Univers établi de couronnes.
De servir à jamais leurs sublimes personnes,
Monde entier , partagez le bonheur avec nous :
De votre bien nos cœurs ne seront point jaloux.

    Astres du firmament , dont la lumiere est née,
Pour regler à son gré l'humaine destinée ;
La main , qui vous donna l'honneur de la beauté ,
Vous refusa celuy de la fecondité ;
Ceux qui font icy-bas le fort de ce rivage ,
Ont au dessus de vous l'un & l'autre avantage.
Le Ciel n'a qu'un soleil , & du Pere des jours
On ne voit point de fils , malgré tous ses amours.
Forêts , sans alterer l'épaisseur de votre ombre ,
De celuy qui vous luit il en naîtra sans nombre ;
Et plus il en viendra tous les ans de nouveaux ,
Vos rameaux n'en seront que plus frais & plus beaux :
Mais tremblez aux bourbiers, Grenoüilles petulantes,
Leurs feux nous rotiront sur vos rives brulantes:
Et vous , par votre fort nez pour les adorer ;
Aigles , n'ayez des yeux que pour les admirer.

    Qu'il est cheri du Ciel, ce genereux monarque ,
Qui pour long-temps encor faisant filer la Parque,
Deja conte aussi loin dans sa posterité ,
Que Jupiter luy-même en la sienne a conté !

    La paisible Brebi produit l'Agneau paisible;
Du terrible Lyon vient le Lyon terrible ;
La Grappe sur le sep enfle ses grains vineux ;
L'Orange ne croît pas sur le houx épineux ;

Au champ, non fur le roc, on voit l'Epi paraître;
Et du fang des Heros les Heros doivent naître.
S'il eft ainfi, que faire, ennemis, dont le bras
En veut à nos Hameaux, jaloux de leurs appas?
De nouveaux demi-Dieux une fource fertile
Vous reduit pour jamais à n'avoir plus d'azile,
Et fous l'heureux couvert de nos arbres épais,
Affure à tous les Temps le fejour de la Paix.

Plus alerte qu'un Cerf, plus qu'un zephir legere,
Celle qui dans nos champs fautoit fur la fougere,
Et fans bleffer les fleurs, plus droite qu'un Cyprés,
Plus fouple que le jonc, franchiffoit les Guerets,
Depuis un certain temps, moins vive & moins vo-
    lante,
Son pied preffe un peu plus la feüille gemiffante,
Et laiffe par fon pois, qui paroît augmenté,
Aprés elle fur l'herbe un veftige arrêté.

Aujourd'huy loin d'aller, & libre, & dégagée,
Bondir comme un Chevreuil fur la rive ombragée,
Il faut double foutien, comme dans un verger
Aux Branches, qu'un fardeau commence de char-
    ger.

En tous lieux fous fes pas naiffez, Lits de verdure,
Naiffez les plus mollets, qu'enfante la nature,
Tels que ces Lits de Myrte & de Rofes garnis,
Que Venus dans les bois faifoit pour Adonis.

Aprés mille dangers, qui de nos foins fe joüent,
Lorfque les tendres fruits fur les arbres fe noüent,
Que le Raifin croiffant de liqueur fe munit,
Et que l'or de Cerés fur le fillon jaunit;
Un afpect fi flateur, de nos travaux l'attente,
Qui nous ravit autant, qu'il nous impatiente,
Fait naître dans nos cœurs moins de joye & d'efpoir,
Reine, qu'en tel état le charme de vous voir.
Diane, laffez-vous d'amufemens revéches;
Laiffez là les fangliers, laiffez l'arc & les fleches:

Quel barbare plaisir fait aimer à vos sens
Le carnage & la mort d'animaux innocens ?
Ne vaut-il pas bien mieux, par des faits pacifiques,
Ouvrir l'accez du jour aux ames heroïques ?
Sortez de ces horreurs, & venez sur le Bord,
Où du Royal sejour brille l'illustre sort ;
Où regnent, par les jeux de cent beaux artifices,
Des sens & de l'esprit les suprêmes delices :
Là de votre pouvoir, comme de votre soin,
Une aimable Princesse aura bien-tôt besoin.

    Et vous, sage Junon, secourable Déesse,
Par un zele attentif regardez-la sans cesse ;
Un plus digne sujet ne peut vous appeller :
A votre char d'azur hâtez-vous d'atteler
L'Orgueil des yeux veillans que les vers endormirent,
Et qui de vos oiseaux le plumage embellirent ;
Dés le moindre signal precipitez leur cours ;
La premiere du monde attend votre secours ;
Aux terrestres climats elle a le rang suprême,
Qu'à la celeste Cour vous occupez vous-même.
Quand le moment viendra, déja presque frapant,
Moment, qui ni de vous, ni d'elle, ne dépend,
De produire aux Humains l'auguste creature,
Cher present, que des Dieux leur fait la bonté pure,
Qu'à l'étoilé Lambris dont le monde est borné,
Par une douce loy, cet ordre soit donné ;
Que nul flambeau malin à luire ne s'obstine :
Que le Ciel soit serain : Que Jupiter domine :
Que la Lune & son frere aillent conjointement ;
Et que Mars & Venus s'œilladent sobrement :
Que Mercure aux aguets point ne s'en effarouche :
Que le Soleil se leve & Saturne se couche :
Qu'enfin l'Etat du Ciel, qui regle le Destin,
Se trouve disposé dans un heureux matin,
Comme il fut quand au jour fut mise ADELAÏDE,
Ou quand nacquit Pallas, ou quand nacquit Alcide.
Ou le Pere, ou l'Ayeul de ce que l'on attend,

A v

Ou le grand Bisayeul que l'on admire tant.
TYRSIS.

Ha ! divin Lycidas , votre beau chant surpasse
De nos Bois élevez la hauteur & la grace.
Sur moy vos vers ont sçeu si puissamment agir ,
Qu'ils contraignent les miens à me faire rougir.
Permettez qu'à vos pieds je mette ma musette :
De la peau de Marsye on prétend qu'elle est faitte :
C'est sur elle qu'Alcis , faméux par ses concerts ,
Au bord de l'Arétuse , à chanté ses beaux airs ;
Et par elle, au doux bruit de ses chansons rustiques ,
Phebus a fait danser les forests Thessaliques :
C'est à vous de l'enfler : le pouvoir de ses sons
Fait avancer les fruits, fait jaunir les moissons ;
Et par une vertu qui passe l'ordinaire ,
Fait crever les serpents cachez sous la fougere :
Elle éloigne les loups , elle arrête les vents ;
Elle chasse la pluye , amene le beau temps ;
Et sous vos doigts , Berger , comme dans votre bou-
    che ,
Elle ne trouvera nul cœur qu'elle ne touche.
LYCIDAS.

S'il la faut accepter ; souffrez qu'en même jour ,
La main qui la reçoit, vous presente un retour ;
Et sans me resister prenez cette houlette ;
Pour l'illustre Damon jadis elle fut faite :
De ses jours si cheris quand l'amour ordonna ,
Méris la demandoit ; Damon me la donna.
Le fer est de Damas : le bois est de la Chine :
L'œuvre est d'Alcimedon : la garniture est fine,
D'un metail dont l'éclat le dispute au soleil :
Mais ce qui suit paroît n'avoir rien de pareil :
Ayez-vous quelque soin à rendre à vos Bergeres ,
Dressez-la dans le champ ; allez à vos affaires :
Laissez-luy vos brebis , & n'apprehendez rien ,
Elle vaut elle seule un berger & son chien ?

Le troupeau la cherit , & jamais ne la quitte :
Jamais loup ne la voit qu'il ne prenne la fuite.
Chacun la veut avoir : mais pour tout terminer ,
C'eſt à vous , cher Tyrſis , que je veux la donner :
Puiſſe-t-elle vous plaire : aimez-la , je vous prie :
Pour vous je la refuſe à l'aimable Sylvie.

PErmis d'imprimer. Fait ce vingt-ſixiéme May mil ſept cens quatre.

M. R. DE VOYER D'ARGENSON.

A PARIS,

Chez RAYMOND MAZIERES, rue S. Jacques,
à la Providence. 1704.